Michael Borlik

Lös den Fall!

omnibus

Foto: © privat

DER AUTOR

Michael Borlik, Jahrgang 1975, machte erst das Abitur und ging anschließend in eine kaufmännische Ausbildung. Seit 2001 veröffentlicht er regelmäßig Kinder- und Jugendbücher. Seit 2005 arbeitet er als freier Schriftsteller. Außerdem ist er verrückt nach Katzen und Reptilien.

Michael Borlik

Lös den Fall!

Spannende 2-Minuten-Ratekrimis

Mit Illustrationen von Dan Bailey

omnibus

OMNIBUS
ist der Taschenbuchverlag für Kinder
in der Verlagsgruppe Random House GmbH

FSC
Mix
Produktgruppe aus vorbildlich
bewirtschafteten Wäldern und
anderen kontrollierten Herkünften

Zert.-Nr. SGS-COC-1940
www.fsc.org
© 1996 Forest Stewardship Council

Verlagsgruppe Random House FSC-DEU-0100
Das für dieses Buch verwendete FSC-zertifizierte
Papier *München Super* liefert Mochenwangen.

1. Auflage
Originalausgabe April 2008
Gesetzt nach den Regeln der Rechtschreibreform

Umschlag- und Innenillustrationen: Dan Bailey
Umschlaggestaltung: schwecke.mueller
Werbeagentur, München
MI · Herstellung: BB
Satz: Buch-Werkstatt GmbH, Bad Aibling
Druck: GGP Media GmbH, Pößneck
ISBN: 978-3-570-21931-7
Printed in Germany

www.omnibus-verlag.de

Inhalt

Wer ist Nico Passel?

Name:	Nico Passel
Alter:	9 Jahre, 11 Monate, 14 Tage, 7 Minuten und sicherlich auch ein paar Sekunden
Augenfarbe:	tiefblau und geheimnisvoll wie das Meer (sagt Oma Lotta)
Haarfarbe:	schwarz, wie eine Rabenfeder (findet Nico selbst)
Sternzeichen:	Im chinesischen Sternzeichen ist er ein Tiger. Die sollen sehr ehrlich und tapfer sein, aber auch leicht reizbar. Also Vorsicht, ihr Bösewichte!
Haustier:	Mister Rotz (ein ziemlich fetter Perserkater mit Schniefnase)
Hobby:	knifflige Fälle lösen

Was er mag:	Rätsel, Gummibärchen, Reis mit Erdnusssoße, Fußball
Was er nicht mag:	Rotkohl und Tante Bertas Gebiss, das ihr beim Essen immer in die Suppe fällt.

Nico ist gewitzt und erst recht nicht auf den Mund gefallen. Er sagt immer, was er gerade denkt – zum Leidwesen der meisten Erwachsenen, die damit überhaupt nicht klarkommen. Aber das ist Nico egal, wenn er dadurch einen Freund oder eine Freundin aus dem Schlamassel herausboxen kann. Nico liebt nämlich nichts mehr als Rätsel und Geheimnisse, von denen es in seiner Stadt nur so wimmelt. Sein erster Fall war der entführte Toaster von Frau Düring, den er später bei ihrem Enkel Tim wiederfand, der mit dem Toaster seine selbst gebaute Rakete ins All schießen wollte. In der letzten Zeit kommt es immer wieder zu geheimnisvollen Diebstählen und üblen Streichen, deshalb hat er auch das Detektivbüro Schnüffelnase gegründet. Außerdem gibt es da noch seine Erzfeindin Cindy, die ihn nicht ausstehen kann und ständig versucht, ihm eins auszuwischen.

Der gestohlene MP3-Player

„Er ist weg!“ Jennifers Schrei hallt durch das Klassenzimmer.

Nico mustert sie verdutzt. „Wer ist weg?“

„Mein MP3-Player.“

„Vielleicht hast du ihn zu Hause vergessen“, meint Nico.

Tränen glitzern in Jennifers Augen. „Vor der Pause war er ja noch da!“

„Das gibt's doch nicht.“ Nico kratzt sich an der Stirn, wie immer wenn er ein Verbrechen wittert. Als sie aus der Pause gekommen sind, haben sich nur der dicke Philipp, Vierauge Steffen und Oberstreber Ron im Klassenzimmer aufgehalten. „Einer von euch ist ein Dieb“, sagt Nico grimmig.

Die drei starren ihn entsetzt an.

Zuerst quetscht Nico Ron aus.

„Ich hab den MP3-Player nicht, ganz ehrlich.“

Ron ist kreidebleich geworden. „Ich hab doch selber einen."

Jetzt ist Steffen an der Reihe. „Was ist mit dir?"

„Ich war nicht mal in der Nähe von Jennifers Mäppchen." Er schüttelt so heftig den Kopf, dass ihm fast die Brille von der Nase rutscht. „Außerdem war Philipp schon in der Klasse, als ich kam."

„Gar nicht wahr", quiekt Philipp und lässt vor Schreck seine Gummibärchen fallen.

Nicos Augen werden schmal wie die eines Tigers. „Warum sollte ich dir glauben?"

Philipp zieht den Kopf zwischen die Schultern. „Ich hab noch nie was geklaut. Na ja, bis auf die Lakritzschnecken meiner Schwester. Aber nur, weil ich so schrecklichen Hunger hatte!"

Nico verschränkt die Arme. „Ich weiß jetzt, wer der Dieb ist!" Sein Blick wandert von Ron zu Steffen und bleibt bei Philipp hängen, der aussieht, als wolle er gleich ohnmächtig werden. Dann springt Nico vor und bohrt Steffen den Zeigefinger in die Brust. „Du warst es!"

Lösung

Steffen behauptet, dass er nicht mal in der Nähe von Jennifers Mäppchen gewesen sei. Dass sich der MP3-Player darin befand, kann nur der Dieb wissen.

Angriff der Aliens

Frau Nase kommt auf die Straße gelaufen. „Hilfe, Hilfe!"

Nico, der gerade den Bürgersteig vor dem Haus seiner Eltern kehrt, rennt zu ihr. „Was haben Sie denn?"

Frau Nase schlägt die Hände über dem Kopf zusammen. „Es ist in meinem Garten. Ein fürchterliches Ungeheuer!"

In dem Moment stürmen von unterschiedlichen Seiten Jenny, Tobi und Lukas herbei, die die Hilferufe ebenfalls gehört haben.

„Ein echtes Monster?", ruft Tobi. „Wie cool!"

„Und wo ist das Alien jetzt?", will Lukas wissen.

„Sah es gefährlich aus?", fragt Jenny ängstlich.

„Oh ja", sagt Frau Nase. „Es hatte Antennen auf dem Kopf und sein Gesicht war grün wie ein

Frosch. Als ich anfing zu schreien, ist es weggelaufen." Sie schaudert.

„Hm", macht Nico. „Echte Aliens haben doch keine Antennen. Da hat sich bloß jemand verkleidet, um Sie zu erschrecken."

Frau Nase sieht ihn groß an. „Es war also nur ein Streich, ja?" Plötzlich schnaubt sie. „Ich wette, es war mein Nachbar, Herr Kuchenmeister, der denkt sich immer so gemeine Sachen aus. Letzte Woche hat er einen Eimer Schnecken in meinen Vorgarten geschüttet. Natürlich rein aus Versehen."

Nun geht die Haustür von Herrn Kuchenmeister auf. „Das habe ich genau gehört! Alles Lügen! Ich bin unschuldig. Aber ..." Er kneift die Augen zusammen und deutet auf Tobi. „Ich habe vorhin beobachtet, wie er Frau Nases Grundstück betreten hat."

Tobi wird blass. „Aber ... aber ich hab doch nur die Zeitung ausgetragen."

„Kann ja jeder behaupten", entgegnet Jenny.

„Es war nicht Tobi", sagt Nico.

Frau Nase nickt energisch. „Es war doch Herr Kuchenmeister, nicht wahr?"

Aber Nico, der den Täter bereits kennt, schüttelt bloß den Kopf.

HABT IHR DIE RICHTIGE ANTWORT?

Lösung

Es war Lukas. Wie hätte er sonst wissen können, dass es ein Alien war, obwohl Frau Nase das „Ungeheuer“ noch nicht beschrieben hat?

Einer von drei

Jeden Mittwoch erscheint „Der Schnüffler". Das ist eine Zeitung für Detektive. Nach ihr hat Nico auch sein Detektivbüro benannt: Schnüffelnase. Vorerst hält er das jedoch streng geheim. Denn sobald seine Erzrivalin Cindy davon erfährt, wird sie ihn sicher nur wieder verspotten.

Das Beste an „Der Schnüffler" ist das große Preisrätsel. Dieses Mal muss ein Dieb entlarvt werden, der die Pizzeria von Signor Spinaci ausgeraubt hat. Der Überfall fand am 27. Juli um 23.09 Uhr statt und der Dieb erbeutete insgesamt 2053,62 Euro. Drei Verdächtige wurden von der Polizei festgenommen. Natürlich behaupten sie, unschuldig zu sein, aber einer ist ein Lügner. Aufmerksam beginnt Nico, ihre Aussagen zu lesen, schließlich gibt es ein nigelnagelneues Fahrrad zu gewinnen.

Verdächtiger A: Ich war noch nie im Leben in einer Pizzeria. Ich kann Käse nicht ausstehen. Wenn ich ihn schon rieche, wird mir schlecht. Und der Fettfleck auf meiner Jacke stammt von einer Portion Pommes mit Mayonnaise, die ich kurz vorher gegessen habe.

Verdächtiger B: Ich kann es auf keinen Fall gewesen sein. Ich war gerade erst vom Einkaufen gekommen. Als die Polizei mich verhaftete, hatte ich noch die Einkaufstüten in der Hand. Das beweist, dass ich es nicht gewesen sein kann.

Verdächtiger C: Ich war joggen. Dummerweise hat mich niemand dabei gesehen. Aber ich schwöre, ich war es nicht. Außerdem würde ich nie eine Pizzeria überfallen. Wenn, dann schon eine Bank. Das lohnt sich wenigstens.

Puh, denkt Nico. Das ist gar nicht so leicht. Er liest sich die Zeugenaussagen noch einmal durch. Doch plötzlich schlägt er sich mit der Hand vor die Stirn: „Na klar, das ist es!“, ruft er lachend und schreibt die richtige Antwort in das Lösungsfeld.

WER VON DEN DREI VERDÄCHTIGEN HAT WOHL GELOGEN?

Lösung

Es war Verdächtiger B. Er kann nicht gerade erst vom Einkaufen gekommen sein, weil die Geschäfte um 23.09 Uhr bereits geschlossen haben.

Der verschwundene Totenkopf

Nicos Vater ist Hauptkommissar bei der Polizei. Er hat schon viele knifflige Verbrechen aufgeklärt. Doch bei besonders schwierigen Fällen hilft Nico ihm auch manchmal aus. Als sein Vater an diesem Abend über seinem Essen brütet, fragt Nico: „Was ist los, Paps?“

„Jemand ist in ein Antiquitätengeschäft eingebrochen und hat einen wertvollen Totenkopf gestohlen.“ Sein Vater seufzt. „Ein unbezahlbares Stück, das einmal dem legendären Zauberer Merlin gehört haben soll.“

„Habt ihr denn schon eine Spur?“, fragt Nico aufgeregt.

Sein Vater nickt. „Der Ladenbesitzer hat aus seiner Wohnung beobachtet, wie jemand um Mitternacht in sein Geschäft eingebrochen ist und dann mit dem Totenkopf davonlief. Leider war es so dunkel, dass er das Gesicht des Einbrechers nicht erkennen konnte."

„Bestimmt ist er ziemlich sauer, was?"

„Und wie", sagt Nicos Vater. „Der Ladenbesitzer meinte, dass die Versicherungssumme den wahren Wert des Totenkopfes niemals ersetzen könnte."

Nico kratzt sich an der Stirn. „Gibt es denn überhaupt keine Verdächtigen?"

„Das ist es ja gerade", schimpft sein Vater. „Wir haben zwei Männer in der Nähe des Tatorts festgenommen, konnten aber keinen von beiden des Diebstahls überführen."

„Was sind denn ihre Alibis?"

„Der eine hat seinen Hund gesucht, der angeblich weggelaufen ist", sagt Hauptkommissar Passel. „Der andere war auf dem Heimweg aus der Disco, nachdem sie ihn dort rausgeworfen haben, weil er so schlecht getanzt hat."

Nico lacht. „Das ist einfach! Es war der Ladenbesitzer. Er hat den Totenschädel selber gestohlen, um die Versicherung zu kassieren."

WAS HAT DEN LADENBESITZER VERRATEN?

Lösung

Wenn es zu dunkel war, um das Gesicht des Täters zu erkennen, wie konnte der Ladenbesitzer dann sehen, dass der Dieb den Totenschädel bei sich trug?

Die Burg des Schreckens

Nico ist auf Klassenfahrt. Zum ersten Mal im Leben übernachtet er in einer Burg. Kurz nach Mitternacht gellt plötzlich ein Schrei durch die düsteren und zugigen Korridore. Nico springt aus dem Bett und flitzt auf den Gang. „Was ist los?“

Cindy, Emma und Tara umringen Sara, die am ganzen Körper zittert. „Ich wollte gerade aufs Klo und da hab ich einen Geist gesehen“, schluchzt sie.

In dem Moment biegt Frau Zackova um die Ecke. Sie ist Nicos Klassenlehrerin. „Es gibt keine Geister“, schimpft sie. „Also, marsch, marsch, zurück in die Betten!“ Doch bevor Nico in den Schlafsaal der Jungen verschwinden kann, raunt ihm Cindy zu: „Dieser Fall gehört mir, Dumpfbacke!“ Sie liebt Rätsel genauso wie Nico. Allerdings hat sie es noch nie geschafft, eines vor ihm zu lösen.

In der nächsten Nacht hört Nico wieder einen Schrei. Dieses Mal ist es der dicke Philipp, der von dem Geist erschreckt wurde. Aber was ist so komisch daran, dass Cindy wie ein Honigkuchenpferd grinst? „Ich weiß, wer der Geist ist“, frohlockt sie. „Du bist es, Emma!“

„Wie kannst du das wissen?“, argwöhnt Nico.

„Heb mal deine Füße, Emma“, sagt Cindy. „Siehst du, sie sind voller Mehl. Ich hatte es vor die Tür vom Mädchenschlafsaal gestreut, weil ich schon einen Verdacht hatte.“ Triumphierend blickt sie in die Runde. „Also, wer ist der bessere Detektiv?“

Die anderen aus ihrer Klasse applaudieren.

„Etwas stimmt nicht“, sagt Nico da.

Cindy verzieht das Gesicht. „Du willst ja nur nicht zugeben, dass ich besser bin.“

„Bist du auch nicht!“ Nico verschränkt die Arme vor der Brust. „Du hast nämlich gemogelt und Emma hat dir dabei geholfen.“

WIE KOMMT NICO DARAUF?

Lösung

Wer nimmt schon Mehl auf eine Klassenfahrt mit? Cindy und Emma müssen diesen Spuk also bereits zu Hause geplant haben.

Ein Waffeldieb im Altersheim

Am Sonntag besucht Nico Oma Lotta im Altersheim. Sie hat ihn zum Waffelessen eingeladen. Aber als er im Altersheim ankommt, sieht er nur lange Gesichter.

„Warum sind alle so traurig?“, fragt Nico seine Oma.

Sie seufzt. „Jemand hat unsere Waffeln geklaut.“

„Das dürfen wir uns nicht gefallen lassen!“, ruft Nico, der sich total aufs Waffelessen gefreut hat.

„Du hast recht“, sagt Oma Lotta.

Die beiden machen sich sofort auf die Suche nach dem Gauner. Zuerst sehen sie im Gemeinschaftsraum nach. Dort sitzt ein alter Mann schlafend in einem Sessel. Neben ihm steht ein Teller mit einer angeknabberten Waffelecke. „Das ist Herr Hecker“, flüstert Nicos Oma.

„Aber er kann nicht der Dieb sein. Er ist zuckerkrank."

Nicos Augen werden schmal. „Da wollte jemand die Schuld bloß auf ihn schieben."

„Ich wette, es war Herr Klotzeck", sagt Oma Lotta. „Der hat nämlich ständig Hunger. Komm schon, knöpfen wir ihn uns vor!"

Auf dem Weg dorthin begegnen sie einer Schwester, die ihnen fröhlich zuwinkt. „Na, Frau Pelle, warum schleichen Sie denn so herum?"

„Mein Name ist Passel." Nicos Oma verdreht die Augen und sagt zu ihrem Enkel: „Schwester Ellen ist neu und vergisst ständig meinen Namen." Kurz darauf stürmen sie das Zimmer von Herrn Klotzeck, der sich gerade alle zehn Finger abschleckt.

„Ha, auf frischer Tat ertappt!", ruft Nicos Oma.

Herr Klotzeck quiekt erschrocken auf. „Ich hab nichts gemacht!"

Neugierig steckt Frau Vogel den Kopf zur Tür rein. Ihr Mund ist voller Puderzucker. „Habt ihr endlich den Dieb gefunden?"

Nicos Oma zieht erstaunt die Augenbrauen

hoch. „Auweia, wer von beiden ist es jetzt gewesen?“

„Keiner“, sagt Nico grinsend. „Schwester Ellen ist der Waffeldieb!“

WOHER WEISS NICO DAS?

Lösung

Der echte Waffeldieb wollte, dass alle Herrn Hecker für den Schuldigen halten. Allerdings ist Herr Hecker zuckerkrank. Nur jemand, der neu im Altersheim ist, kann das nicht gewusst haben.

Das falsche Bild

„Auf ins Kunstmuseum!“, ruft Frau Zackova und scheucht alle Kinder in den Bus. Als sie im Museum ankommen, werden sie bereits vom Direktor erwartet. „Heute werden wir uns die berühmtesten Gemälde des Mittelalters ansehen“, verkündet er. „Das wird euch bestimmt interessieren.“

Cindy gähnt, was ihre Freundinnen zum Kichern bringt. „Sollte ich unterwegs einschlafen, weckt mich bitte!“ Plötzlich wirft sie Nico einen bissigen Blick zu. „Aber vielleicht wird das Museum ja heute noch überfallen, dann könnte unser Superdetektiv Nico Jagd auf die Diebe machen. Wäre das nicht toll? Dann hätte er wieder was zum Angeben.“

Nico wird rot. „So was mache ich nicht.“

Die Mädchen lachen.

„Das sind alles doofe Hühner“, meint Nicos bester Freund Jan und zieht ihn weiter.

Zuerst sehen sie sich die lächelnde Lisa von LaVinni an.

Dann geht es weiter zum goldenen Kohlkopf von Rennbrandt und schließlich kommen sie zum unübertroffenen Meisterwerk von Albrecht Rührer, auf dem ein schlafender Hirte und eine Herde grasender Schafe zu sehen sind. Im Hintergrund tuckert eine winzig kleine Lokomotive, während den tiefblauen Himmel ein Schwarm Wildgänse verdunkelt.

„Dies ist das wertvollste Gemälde unseres Museums“, verkündet der Direktor stolz.

„Langweilig“, meckert Cindy.

„Es ist 50 Millionen Euro wert“, erklärt der Direktor begeistert.

„Nie im Leben“, sagt Nico da. „Das Gemälde ist eine Fälschung!“

„Was?“ Der Direktor ist blass geworden. „Unmöglich!“

„Ich bin ganz sicher“, sagt Nico.

„Unsinn, das hast du dir bloß ausgedacht“, giftet Cindy ihn an.

Nico schnaubt. „Du musst nur ganz genau hinsehen, dann weißt du, dass ich recht habe.“

WORAN HAT NICO DAS GEFÄLSCHTE GEMÄLDE ERKANNT?

Lösung

Im Mittelalter gab es noch keine Lokomotiven.

Der Juwelenraub

Als Hauptkommissar Passel an diesem Abend nach Hause kommt, hat er eine besonders spannende Geschichte zu erzählen. „Heute Nachmittag erreichte uns ein Anruf von Herrn Wagner. Er hat ein kleines Schmuckgeschäft und ist überfallen worden", berichtet Nicos Vater. „Meine Kollegen und ich fuhren sofort hin, aber von dem Räuber fehlte jede Spur."

„So ein Mist!", schimpft Nico.

„Nicht so voreilig", sagt sein Vater. „Es geht ja noch weiter."

„Worauf wartest du dann noch?", fragt Nico.

„Wir teilten uns also auf und durchsuchten die umliegenden Straßen", fährt sein Vater fort. „Zuerst hatte ich kein Glück, aber dann kam ich in die Wackergasse. Dort stand ein Mann vor einem Schaufenster mit Fernsehern. Als ich mich ihm näherte, drehte er sich um und lief davon."

„Natürlich hast du ihn verfolgt“, unterbricht ihn Nico.

„Na klar“, sagt sein Vater. „Es dauerte auch nicht lange, da hatte ich ihn eingeholt. ‚Was wollen Sie von mir?‘, hat der Mann sofort losgeschrien. ‚Ich habe nichts gemacht!‘“

Nico schnaubt. „Warum ist er dann weggelaufen?“

„Genau“, stimmt ihm sein Vater zu. „Also habe ich ihm gesagt, dass er verdächtig sei, bei Herrn Wagner eingebrochen zu haben. Natürlich hat der Mann sich maßlos aufgeregt. Er sei noch nie im Leben in Herrn Wagners Schmuckgeschäft gewesen, und ein Dieb sei er erst recht nicht, hat er gemeint. Und wenn ich wollte, könnte ich ihn durchsuchen. Dann würde ich sehen, dass er unschuldig ist. Daraufhin habe ich ihn sofort verhaftet.“

„Bestimmt hatte er die Beute irgendwo versteckt“, sagt Nico nachdenklich.

Hauptkommissar Passel nickt. „Im Verhör hat er zugegeben, den Schmuck in einen Gully geworfen zu haben. Und sobald Gras über die Sache gewachsen wäre, hätte er ihn sich wieder geholt."

WODURCH HAT DER JUWELENDIEB SICH VERRATEN?

Lösung

Wenn er noch nie in Herrn Wagners Laden eingekauft hat, woher wusste er dann, dass es ein Schmuckgeschäft ist?

Bruno, der Kläffer

Nico schlurft in sein Zimmer. Wenn ich diese Nacht nicht besser schlafe, werde ich noch verrückt, denkt er. Vor einer Woche ist Herr Kniesebeck mit seinem Hund Bruno ins Nachbarhaus eingezogen. Bruno ist ein kleiner, schielender Mops, der sofort loskläfft, sobald jemand am Haus vorbeigeht. Jede Nacht wird Nico von ihm geweckt.

Doch das Wunder geschieht. Nico kann endlich mal wieder durchschlafen.

Am nächsten Morgen ist er so gut gelaunt wie schon lange nicht mehr. Pfeifend geht er zum Fenster und reißt den Vorhang auf. Aber was ist das? Vor dem Nachbarhaus steht ein Polizeiauto. Zwei Beamte sprechen mit Herrn Kniesebeck, der einen hochroten Kopf hat und sich schrecklich aufregt. Ob Bruno etwas zugestoßen ist?

Nico zieht sich um und läuft nach draußen. Neugierig stellt er sich zu den Polizisten.

„Und wann ist das passiert?“, fragen sie Herrn Kniesebeck.

„Das muss gegen halb zwei gewesen sein. Ein Geräusch weckte mich. Ich dachte, es wäre Bruno gewesen. Aber als ich heute Morgen in die Garage kam, war die Tür an meinem Auto zerkratzt.“ Herr Kniesebeck ballt die Rechte zur Faust. „Diese Verbrecher!“

„Mit Bruno ist also alles okay?“, fragt Nico.

Herr Kniesebeck sieht Nico überrascht an. „Warum denn nicht?“ Dann wendet er sich wieder den Polizisten zu. „Diese Typen sollte man ins Gefängnis werfen und nie wieder rauslassen.“

„Nun regen Sie sich nicht so auf, Herr Kniesebeck“, sagt einer der Polizisten. „Da Sie ja nichts dafürkönnen, wird die Versicherung für den Schaden aufkommen.“

„Glaube ich nicht“, sagt Nico. „Ich wette, Herr Kniesebeck ist irgendwo gegengefahren, und damit die Versicherung bezahlt, tut er jetzt so, als wäre es jemand anderer gewesen.“

Herr Kniesebeck schluckt. „Das … das kannst du nicht beweisen, du vorlauter Lümmel!“

ABER NICO KANN ES DOCH. WISST IHR AUCH, WIE?

Lösung

Bruno hat in dieser Nacht kein einziges Mal gekläfft. Hätte sich aber wirklich ein Fremder aufs Grundstück gewagt, hätte er sofort Alarm geschlagen.

Der Junge mit den roten Haaren

Jemand hat aus Jans Baumhaus seinen wertvollsten Schatz gestohlen: Gorgol, den Zerstörer. Eine seltene Actionfigur, die sich in ein Raumschiff verwandeln kann. Die halbe Nachbarschaft hat sich im Garten bei Jan versammelt, der schniefend am Fuße des Baumes sitzt. Jenny, Lukas, Frau Nase, Laura, Herr Kuchenmeister und Nico sind da.

„Wie konnte ich ihn nur im Baumhaus lassen?“, jammert Jan.

„Das war wirklich dumm von dir, Junge“, sagt Herr Kuchenmeister.

„Hat denn niemand etwas gesehen?“, fragt Nico.

Lukas schüttelt den Kopf. „Du solltest diesen ollen Vorhang besser gegen eine richtige Tür tauschen, Jan. Dann ist das Baumhaus wenigstens in Zukunft vor Eindringlingen sicher.“

„Mir ist auch nichts aufgefallen“, sagt Laura. „Ich war die ganze Zeit zu Hause.“

„Nun ja, als ich vorhin vom Einkaufen kam, habe ich einen Jungen mit roten Haaren im Baumhaus gesehen“, sagt Frau Nase zögerlich. „Ich hielt ihn jedoch für einen Freund von Jan.“

Nico runzelt die Stirn. Keiner in der Runde hat rote Haare.

„Hat nicht Thomas aus der 8a rote Haare“, meint Laura plötzlich. „Er wohnt nur ein paar Straßen weiter.“

„Hm“, macht Nico. Irgendwie hat er das Gefühl, etwas Wichtiges übersehen zu haben. Plötzlich kneift er die Augen zusammen. „Ich weiß jetzt, wer es gewesen ist.“ Sofort starren ihn alle mit weit aufgerissenen Augen an. „Sie waren es, Frau Nase!“

„Waas? Ich …“ Doch plötzlich schlägt sie die Hände vors Gesicht. „Du hast ja recht. Mein Enkel hat sich Gorgol so sehr gewünscht und ich haben ihn in keinem Geschäft mehr bekommen.“ Sie schluckt. „Es tut mir sooo leid, Jan. Bitte sag deinen Eltern nichts. Ich werde ihn dir auch wiedergeben. Versprochen!“

WELCHEN FEHLER HAT FRAU NASE GEMACHT?

Lösung

Wie will Frau Nase einen rothaarigen Jungen im Baumhaus gesehen haben, obwohl der Eingang mit einem Vorhang versperrt ist?

Die Geburtstagstorte

Heute hat Nico Geburtstag. Nun ist er endlich zehn. Wie lange hat er darauf gewartet! Am Nachmittag werden alle seine Freunde vorbeikommen. Seine Mutter hat dafür extra eine Schokoladentorte gemacht. Aber als Nico nach der Schule heimkommt, ist niemand zu Hause. Nur sein Kater Mister Rotz kommt zur Begrüßung angelaufen.

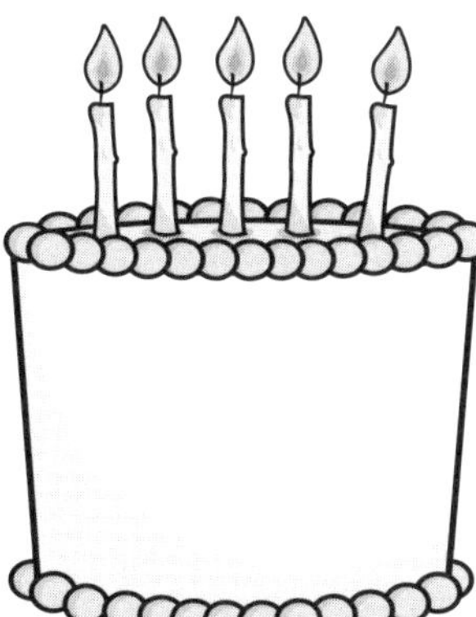

Nico reibt sich die Hände. Umso besser! Nun kann er heimlich einen Blick auf seinen Lieblingskuchen werfen. Doch als er in die Küche kommt, kippt er fast aus den Socken. Jemand hat ein riesiges Stück von seinem Kuchen genascht.

Nicos Augen werden schmal wie die eines Tigers. Bestimmt steckt sein Bruder Till dahinter. Sein Lieblingshobby ist es, Nico zu ärgern. Oder es ist seine Schwester Lilly gewesen. Sie macht zwar eine Diät, aber nach Süßigkeiten ist sie regelrecht süchtig.

„Wer von beiden ist es wohl gewesen?", überlegt Nico laut. Gerade will er sich die Torte genauer ansehen, als es hinter ihm miaut. Es ist Mister Rotz. „Du hast wohl Hunger, was?", fragt Nico und füllt seinen Napf nach. Doch Mister Rotz frisst keinen Bissen, was für den fettesten Kater der Welt ziemlich ungewöhnlich ist.

Egal, Nico hat im Moment andere Sorgen.

Er kehrt zurück zum Kuchen. Vielleicht findet er ja einen Beweis, mit dem er Till oder Lilly überführen kann. Aber er entdeckt nur ein langes schneeweißes Haar. Nico kratzt sich am Kopf. Oma Lotta ist die Einzige mit weißem Haar in der Familie. Sollte sie etwa heimlich von seinem Kuchen probiert haben? Wieder streift Mister Rotz um Nicos Beine. Automatisch bückt er sich, um den Kater zu streicheln. Dabei kitzelt er Nicos Hand mit seinen Schnurrhaaren. „Oh, Mister Rotz, du verfressener Kater“, sagt Nico plötzlich. „Das war mein Kuchen!“

WAS HAT MISTER ROTZ VERRATEN?

Lösung

Erstens ist Mister Rotz nicht an sein Futter gegangen – er muss also vorher schon was gefressen haben. Zweitens war das lange weiße Haar kein Menschenhaar, sondern ein Schnurrhaar.

Die falsche Spur

Im Haus der Passels tobt das Chaos. Der Klempner ist da, weil im Bad die Dusche verstopft ist. Der Schornsteinfeger kümmert sich um den verrußten Kamin und in der Küche spricht der Versicherungsvertreter mit Nicos Mutter über die neue Hausratversicherung. Plötzlich klingelt es auch noch an der Haustür.

„Himmel, was ist denn heute los?“, ruft Nicos Mutter verzweifelt. „Lilly, sieh mal nach, wer das ist!“

„Geh doch selber gucken“, antwortet Nicos Schwester, die gerade vor dem Fernseher sitzt.

Nicos Mutter entschuldigt sich beim Versicherungsvertreter und flitzt zur Haustür. Es ist der Postbote, der die neuste Ausgabe von „Der Schnüffler“ bringt. „Es ist für dich, Nico!“, ruft seine Mutter die Treppe hoch.

„Ich komme!“

Im nächsten Moment gellt ein Schrei durchs Haus.

Nico stürmt die Treppe herunter. „Was hast du?“, fragt er atemlos.

Seine Mutter deutet mit leichenblasser Miene auf die Glasvitrine, in der sie ihre Teetassensammlung aufbewahrt. Ausgerechnet ihre kostbarste Tasse ist verschwunden.

Nico nimmt die Vitrine in Augenschein. Was ist das? An der Tür klebt schwarzer Staub. „Schau mal!“, sagt er.

„Das sieht mir nach einem Rußfleck aus.“ Das Gesicht seiner Mutter versteinert. „Also ist der Schornsteinfeger der Dieb.“

„Ich wette, das ist bloß eine falsche Spur, die uns vom wahren Dieb ablenken soll“, widerspricht Nico.

Seine Mutter runzelt die Stirn. „Wie kommst du darauf?“

„Ganz einfach“, sagt Nico. „Woher sollte der

Schornsteinfeger wissen, welche deiner Tassen die wertvollste ist?“

„Du weißt also, wer es getan hat?“, fragt seine Mutter mit großen Augen.

Nico nickt.

WAS DENKST DU, WER IST DER DIEB?

Lösung

Es ist der Versicherungsvertreter. Um eine Hausratversicherung mit Nicos Mutter abschließen zu können, muss er ganz genau wissen, wie viel alles im Haus wert ist.

Die Geburtstagseinladung

Als Nico im Briefkasten nachsieht, findet er darin einen Brief von seinem Freund Thomas. Die beiden spielen in der gleichen Fußballmannschaft und treffen sich jeden Freitag, um zusammen zu trainieren. Einmal im Monat spielen sie gegen eine andere Mannschaft. Bisher haben sie immer gesiegt. Das letzte Mal sogar 5:1. Mann, haben sie danach gefeiert! Der Trainer hat ihnen sogar elf Flaschen Cola spendiert. Eine für jeden.

Neugierig reißt Nico den Briefumschlag auf. Es ist eine Geburtstagseinladung.

Lieber Nico,
bald werde ich 11 Jahre alt. Darauf freue ich mich schon sehr. Darum möchte ich Dich und alle meine Freunde zu einer Riesenparty einladen. Leider habe ich mitten in der Woche Geburtstag, darum feiere ich ihn am 30. Februar nach. Du weißt ja, wo ich wohne: Apfelbaumstraße 42. Um 15 Uhr geht es mit Limonade und Kuchen los. Ich hoffe, du kommst!
Bis dann
Thomas

Plötzlich muss Nico lachen. Er läuft zum Telefon, um seinen Freund anzurufen. „Hallo, Thomas, ich bin's. Ich habe gerade deine Einladung bekommen."

„Hi, Nico, das ging ja schnell", sagt Thomas. „Ich hab die Einladungen doch erst gestern abgeschickt. Und, wirst du kommen?"

„Würde ich ja gerne", sagt Nico. „Aber ich fürchte, deine Geburtstagsfeier wird dieses Jahr ins Wasser fallen."

„Wieso denn das?", fragt Thomas erschrocken.

„Lies sie dir noch einmal ganz genau durch“, rät Nico ihm.

WAS STIMMT NICHT MIT THOMAS’ EINLADUNG?

Lösung

Thomas hat sich mit dem Datum vertan. Er möchte seinen Geburtstag am 30. Februar nachfeiern. Dabei hat der Februar nur 28 Tage bzw. 29 Tage in einem Schaltjahr.

Der Einbrecher

„Ich brauche deine Hilfe“, sagt Nicos Vater. „Ich habe einen Fall, bei dem ich einfach nicht weiterkomme.“

„Worum geht's denn?“, will Nico wissen.

„Gestern ist die Eigentumswohnung einer reichen alten Frau ausgeraubt worden“, erzählt Hauptkommissar Passel. „Zum Glück war sie nicht zu Hause. Aber obwohl die Wohnung im vierten Stock liegt, will keiner der Nachbarn gesehen haben, wie die Diebe durch das Treppenhaus entkommen sind.“

Nico tippt sich an die Stirn. „Merkwürdig.“

„Genau das Gleiche habe ich auch gedacht. Meinst du, die alte Frau hat es selber getan?“

„Gibt es denn überhaupt keine Zeugen?“, will Nico wissen.

„Doch, doch, einen gibt es“, sagt sein Vater. „Er war zur Tatzeit auf dem Heimweg von der

Arbeit. Als er am Haus vorbeispazierte, hat er durch das Fenster zwei große Gestalten mit Skimasken gesehen."

„Ist das alles?", fragt Nico enttäuscht.

„Ach ja, außerdem hat noch ein Taxi vor dem Haus geparkt, das auf jemanden zu warten schien. Und auf der anderen Straßenseite stand ein Lieferwagen, auf dem ‚Peggys Delikatessenladen' stand. Dabei befindet sich das Geschäft auf der anderen Seite der Stadt."

Nico zieht die Brauen zusammen. „Haben die denn einen Lieferservice?"

„Dummerweise haben sie einen." Sein Vater zuckt seufzend die Schultern. „Ziemlich verzwickte Sache, was?"

In Gedanken geht Nico noch einmal die Zeugenaussage durch, plötzlich leuchten seine Augen auf.

„Eigentlich ist es ganz einfach", sagt er grinsend.

„Du weißt also, wer es getan hat?", fragt sein Vater aufgeregt. „Warum spannst du mich dann noch länger auf die Folter?"

„Ich würde mir noch mal diesen Zeugen vornehmen“, sagt Nico. „Er ist nämlich ziemlich verdächtig.“

WIE KOMMT NICO DARAUF?

Lösung

Es ist völlig unmöglich, vom Bürgersteig aus in eine Wohnung zu gucken, die sich im vierten Stock befindet. Vermutlich ist er der wahre Einbrecher und hat die Geschichte nur erfunden, um von sich abzulenken.

Detektivbüro Schnüffelnase

Es klingelt an der Haustür. Neugierig läuft Nico hin. Es ist ein braunhaariges Mädchen. Etwa in seinem Alter.

„Hallo, ich bin Tine“, sagt sie. „Ich brauche deine Hilfe!“

„Meine Hilfe?“, fragt Nico erstaunt.

„Dir gehört doch das Detektivbüro Schnüffelnase, oder nicht?“

Nico starrt sie groß an. Eigentlich weiß nur sein bester Freund davon. Als hätte Tine seine Gedanken gelesen, fügt sie hinzu: „Jan hat es mir verraten. Aber auch nur, weil ich so traurig bin.“

„Dann erzähl mal, was los ist“, fordert Nico sie auf.

„Jemand hat meine Lieblingspuppe Rosi entführt“, sagt Tine. „Mein Bruder hat gesehen, wie ein blondes Mädchen mit Brille und Sommersprossen durchs Fenster geklettert ist und Rosi mitgenommen hat. Wie kann jemand nur so gemein sein?“ Sie schnieft. „Außerdem hat das Mädchen einen Erpresserbrief dagelassen.“

„Kann ich den mal sehen?“, fragt Nico.

Tine schüttelt den Kopf. „Ich habe ihn vergessen, aber ich weiß genau, was dringestanden hat. Das Mädchen will fünf Tüten Lakritze und die neuste Ausgabe von ‚Rasende Mofas‘. Wenn sie die Sachen nicht bekommt, schneidet sie Rosi die Haare ab. Die arme Rosi, was soll ich jetzt tun?“

„Weißt du, wer das Mädchen ist?“, fragt Nico.

Tine schüttelt den Kopf. „Ich muss die Sachen morgen um drei unter die alte Ulme hinter der Schule legen. Eine Stunde später soll ich zurückkommen, dann würde ich dort Rosi finden. Aber ich habe Angst, dass sie ihr die Haare trotzdem abschneidet.“

„Um Rosi musst du dir keine Sorgen machen“, beruhigt Nico sie. „Aber mit deinem Bruder sollten wir mal ein ernstes Wörtchen reden!“

Lösung

Erstens interessieren sich die wenigsten Mädchen für Mofas, darum muss der Erpresser ein Junge sein. Zweitens hätte Tines Bruder das Mädchen doch leicht aufhalten können, wenn er wirklich beobachtet hätte, wie sie durch das Fenster geklettert ist.

Das Pausenbrot

„Ich glaub, ich spinn!“, ruft Oliver in die Klasse. „Wo ist mein Pausenbrot?“

„Vielleicht hast du es schon gegessen“, sagt Nico schulterzuckend.

Oliver verdreht die Augen. „Dann wäre meine Brotdose ja noch da, aber die ist auch weg.“

Sofort starren alle Steffen an. Vor ein paar Wochen hat er versucht, Jennys MP3-Player zu stehlen. „Ich war es nicht! Dieses Mal bin ich unschuldig.“ Er sieht sich verzweifelt um. „Ich schwöre es!“ Zur Überraschung der Klasse springt Nico ihm zur Seite. „Was ihr macht, ist nicht fair. Jeder ist so lange unschuldig, bis seine Schuld bewiesen wurde.“

„Ausnahmsweise hat Nico mal recht“, sagt Cindy. „Außerdem war ich die ganze Zeit im Klassenzimmer. Deshalb weiß ich, dass Steffen nicht mal in der Nähe von Olivers Ranzen war. Dafür wa-

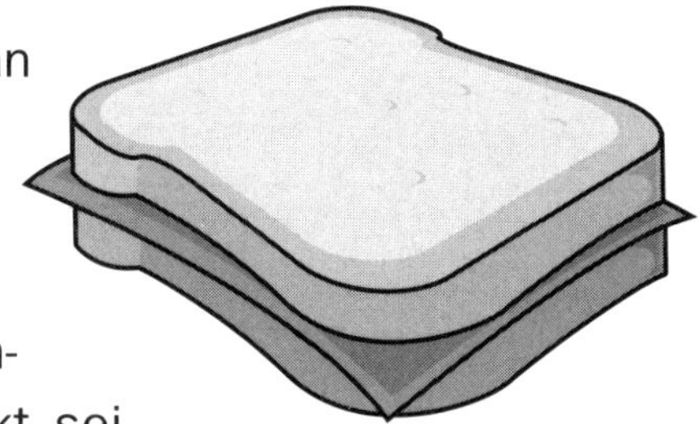

ren es aber Lina, Jan und unser Mathegenie Ben."

„Ich ... ich klau doch nicht", stammelt Ben und rückt seine Brille zurecht. „Ich ... ich mag gar kein Brot. Und ich würde auch nie etwas von jemand anderem ... anderem essen, da könnten Bakterien und ... und Viren dran sein. Igitt!"

„Und ich bin dein bester Freund, Nico", sagt Jan entrüstet.

„Pah, ich bin erst recht keine Diebin", regt sich Lina auf. „Ich mag ja nicht mal Schinken. Außerdem habe ich Geld dabei, wenn ich also Hunger hätte, würde ich mir was kaufen."

Cindy runzelt die Stirn. „Vielleicht war es ja doch jemand anderer."

„Ganz und gar nicht", sagt Nico. „Du hast völlig recht, Cindy. Einer von den dreien hat Olivers Brot gemopst."

„Du gibst mir recht?" Cindy reibt sich die Augen. „Das muss ein Traum sein. – Aber nun sag schon: Wer ist es?"

„Es war Lina“, sagt Nico.

„Blödmann“, grummelt Lina. „Ich wollte Oliver bloß ärgern, weil er mir gestern nichts von seinen Gummibärchen abgegeben hat.“

WODURCH HAT LINA SICH VERRATEN?

Lösung

Lina sagte, dass sie keinen Schinken mag und deshalb Olivers Brot nicht gegessen hätte. Allerdings hat Oliver nie gesagt, was auf seinem Brot drauf war. Das konnte Lina also nur wissen, weil sie es genommen hat.

Das Alibi

Nico hat sich in der Stadtbücherei einen Krimi ausgeliehen. Aber irgendetwas stimmt nicht mit der Geschichte. Er kratzt sich am Kopf und fängt noch einmal von vorne an:

Joe Donovan war der beste Taschendieb der Welt. Niemand hatte ihn je beim Stehlen erwischt, bis er dem gerissenen Inspektor Miller ins Netz ging. Jetzt hatte er nur noch eine Chance. Er musste sich schnell ein überzeugendes Alibi ausdenken.

„Hören Sie zu, Inspektor Miller", sagte Joe Donovan. „Ich kann Lady Nancys Handtasche gar nicht gestohlen haben. Am Tag des Überfalls war ich bereits morgens um 8.00 Uhr in London, um einen alten Freund zu treffen. Bis 9.10 Uhr habe ich auf ihn gewartet, aber er ist nicht gekommen. Also bin ich mit dem Bus um 9.15 Uhr ins Museum gefahren. Ich liebe das Museum! Dort habe ich den ganzen Vormittag verbracht. Vier Stunden. Anschließend bin ich zum Mittagessen um 12.30 Uhr ins ‚China Garden' gegangen. Dort gibt es die köstlichsten gebratenen Nudeln. Sie sollten unbedingt mal hingehen, Inspektor. Ach ja, danach habe ich noch einen Spaziergang an der Themse gemacht. Drei Stunden lang, sodass ich erst um 16.00 Uhr zu Hause war. Dort habe ich den Rest des Tages vor dem Fernseher verbracht. Sie sehen, ich war nicht einmal in der Nähe vom Charing-Cross-Bahnhof, wo Lady Nancys Handtasche gestohlen wurde."

Inspektor Miller zog eine Braue hoch. „Und Sie sind sich ganz sicher, dass es so gewesen ist?"

„Oh ja, Inspektor." Joe Donovan nickte entschieden. „Ich habe eine nigelnagelneue Uhr, die auf die Sekunde genau geht." Er grinste triumphierend.

„Gut", sagte Inspektor Miller und rief einen Polizisten herein. „Werfen Sie Joe Donovan ins Gefängnis. Sein Alibi ist eine dicke Lüge."

DAS ALIBI ENTHÄLT EINEN DICKEN FEHLER. FINDEST DU IHN?

Lösung

Wenn Joe Donovan vier Stunden im Museum gewesen ist, kann er um 12.30 Uhr nicht schon im chinesischen Restaurant gegessen haben. Da hat er nicht gründlich genug nachgerechnet, als er sich sein Alibi ausdachte.

Der Streich

Nico ist ganz aus dem Häuschen. Die Direktorin hat seinen Vater in die Schule bestellt. In der Nacht hat jemand die Schule mit Graffiti beschmiert. Ausnahmsweise darf Nico dabei sein, als sein Vater die Zeugen verhört.

Nachdem Nicos Vater zuerst die Direktorin und dann alle Lehrer vernommen hat, ist als Letztes Hausmeister Keller an der Reihe.

„Das war doch bloß ein Lausbubenstreich“, sagt er lachend. „Sicher wollten sie die Direktorin nur ein bisschen ärgern. Ich mein, ich kann sie sogar verstehen. Den ganzen Tag meckert die Direktorin nur herum. Das kann einem ganz schön auf den Geist gehen, sage ich Ihnen.“

„Mag ja sein, trotzdem wurde fremdes Eigentum beschädigt“, sagt Hauptkommissar Passel ernst. „Also, Herr Keller, Sie wohnen auf dem

Schulgelände, konnten Sie heute Nacht etwas Auffälliges beobachten?“

Hausmeister Keller verzieht nachdenklich das Gesicht. „Nein“, sagt er dann. „Ich habe die ganze Nacht hindurch tief und fest geschlafen. Außerdem hätte ich gar nichts sehen können, weil es doch angefangen hat zu regnen. Der Himmel war kohlrabenschwarz. Nicht mal der Mond hat durch die Wolken geschimmert.“

„Ja, da haben Sie wohl recht.“ Nicos Vater nickt. „Glauben Sie, die Direktorin könnte es selbst getan haben? Schließlich hat sie das Graffito als Erste entdeckt.“

„Zutrauen würde ich es dieser alten Hexe“, sagt Hausmeister Keller. „Es macht ihr einen Riesenspaß, schlechte Laune zu verbreiten, und das Graffito gibt ihr Gelegenheit dazu.“

Hauptkommissar Passel sieht seinen Sohn

fragend an. „Ich weiß jetzt, wer es gewesen ist“, sagt Nico.

WEISST DU ES AUCH SCHON?

Lösung

Es war Hausmeister Keller. Wenn er die ganze Nacht über tief und fest geschlafen hat, wie konnte er dann wissen, dass es geregnet hat? Außerdem hat er einen guten Grund, die Direktorin mit dem Graffito zu ärgern: Wie man gemerkt hat, kann er sie nicht leiden.

Das unlösbare Rätsel

Cindy beugt sich mit einem fiesen Grinsen zu Nico vor und raunt: „Dieses Mal krieg ich dich dran." Dann richtet sie sich wieder auf. „Hey, Leute, hört mal her!" Alle Gesichter in der Klasse wenden sich ihr zu. „Wie ihr ja alle wisst, ist Nico unser Superdetektiv. Kein Rätsel ist vor ihm sicher. Doch hier habe ich eins, das wirklich schwierig ist." Sie wendet sich wieder Nico zu. „Nimmst du die Herausforderung an?"

Nico reibt sich nachdenklich übers Kinn. „Nur unter einer Bedingung", fordert er. „Wenn ich das Rätsel knacke, musst du einen Monat lang nett zu mir sein." Er grinst. „Und wenn du nicht durchhältst, schuldest du mir einen Jahresvorrat Gummibärchen."

„Abgemacht", sagt Cindy. „Und nun zum Rätsel. Es geht um ein Autorennen. Also, hör genau zu! Ein Auto startet in München, das andere in

Berlin. Beide Autos fahren mit 190 Stundenkilometern. Allerdings darf das Auto aus Berlin nur tagsüber fahren, das Münchener Auto jedoch Tag und Nacht. Dummerweise hat es unterwegs einen Platten und muss zwei Stunden auf den Ersatzreifen warten. Wer von beiden kommt zuerst in Borkum an?“

„Puh, ist das schwer“, murmelt Jan. „Dafür brauchen wir aber einen Atlas.“

Cindys Grinsen wird noch breiter. „Keine Hilfsmittel!“

„Das ist gemein!“, schimpft Jan.

Cindy zuckt ungerührt mit den Achseln. „Nico kann immer noch aufgeben und vor der ganzen Klasse zugeben, dass ich der bessere Detektiv bin.“

Jan verdreht die Augen. „Du hast doch noch nie einen Fall gelöst.“

„Habe ich wohl!“ Cindy streckt ihm die Zunge raus. „Ich gebe nur nicht damit an.“

Plötzlich fängt Nico schallend an zu lachen. „Nicht schlecht, Cindy“, sagt er mit Tränen in den Augen. „Fast wäre ich drauf reingefallen.“

HAST DU WIE NICO DAS RÄTSEL GELÖST?

Lösung

Keines der Autos kommt ohne Weiteres in Borkum an, dafür müssen sie erst die Autofähre benutzen. Borkum ist eine Insel in der Nordsee.

Das zerbrochene Fenster, 1. Teil

Nico und Jan sind auf dem Heimweg von der Schule, als sie von einem Polizeiauto mit quietschenden Reifen überholt werden.

„Mensch, was ist denn da passiert?“, ruft Nico.

„Nichts wie hinterher“, meint Jan.

Als sie um die Ecke biegen, sehen sie das Polizeiauto vor dem Kiosk von Frau Sauer parken.

„Ob sie überfallen wurde?“, überlegt Jan laut. Aber Nico hat bereits entdeckt, dass der Bürgersteig vor dem Kiosk mit tausend kleinen Glassplittern übersät ist. Dann hören sie auch schon das Geschrei. „Aua, aua, lassen Sie mich sofort los!“ Es stammt von einem dunkelhaarigen Jungen, den Frau Sauer am Ohr hinter sich herzieht. Nico kennt ihn. Es ist Tim Düring. Vor ein paar Monaten hatte er versucht, seine selbst gebaute Rakete mit einem Toaster ins All zu schießen.

„Hier habe ich den Übeltäter“, erklärt Frau Sauer dem Polizisten. „Ich hatte meinen Kiosk nur kurz verlassen, um diesen lästigen Hund zu vertreiben, der ständig meine Zeitungen klaut. Plötzlich gab es diesen Knall und die Scheibe meines Kiosks lag in Trümmern. Natürlich hatte dieser Lausebengel sich bereits verdrückt.“

„Hm“, macht der Polizist. „Woher wissen Sie dann, dass es der Junge war?“

„Oh, das kann ich Ihnen erklären, Herr Wachtmeister.“ Sie wirft Tim einen triumphierenden Blick zu. „Vor dem Kiosk habe ich einen Fußball gefunden, auf dem Tim Dürings Name steht.“

„Aber der wurde mir doch geklaut“, wimmert Tim.

„Weißt du, was ich glaube“, sagt der Polizist.

„Beim Spielen hast du den Ball in Frau Sauers Scheibe geschossen, und jetzt hast du Angst, es zuzugeben."

„Das kann unmöglich stimmen", sagt Nico da. „Sehen Sie sich die Scherben einmal genau an!"

WAS HAT NICO ENTDECKT, DAS DEM POLIZISTEN ENTGANGEN IST?

Lösung

Hätte Tim seinen Ball in die Fenster geschossen, hätte das Glas im Kiosk und nicht davor auf dem Bürgersteig liegen müssen. Aber ist Tim wirklich so unschuldig, wie er tut? Dieses Rätsel löst Nico in „Das zerbrochene Fenster, 2. Teil".

Das zerbrochene Fenster, 2. Teil

Tim reicht Nico die Hand. „Danke, dass du mir den Hals gerettet hast.“

„Noch ist der Fall nicht gelöst“, sagt Nico. „Ich habe Frau Sauer versprochen, den wahren Täter zu finden.“

Tim zuckt die Achseln. „Habt ihr nicht Lust, mit uns Fußball zu spielen? Meine Freunde warten dort drüben auf mich!“

„Wie ist das alles überhaupt passiert?“, fragt Nico.

„Keine Ahnung. Ich war nur kurz zu Hause, um was zu trinken, und als ich wieder rauskam, erzählten Marcel und Philipp, dass jemand den Ball geklaut hat. Dann tauchte auch schon Frau Sauer auf und schleppte mich zu dem Polizisten."

Nico kratzt sich an der Stirn. „Hm, hören wir uns mal an, was deine Freunde dazu sagen."

„Hi", sagt der dicke Philipp, der mit Nico in dieselbe Klasse geht. „Was tust du denn hier?"

„Ich möchte euch nach dem Dieb von Tims Fußball befragen", sagt Nico.

„Es war eine Bande Zehntklässler", platzt Marcel heraus. „Ziemlich große Kerle. Darum haben wir uns auch nicht getraut, etwas zu sagen."

„Habt ihr einen erkannt?", fragt Nico.

Der dicke Philipp schüttelt den Kopf. „Wir haben sie noch nie zuvor gesehen."

Nico verschränkt die Arme. „Ihr lügt doch und ich kann es sogar beweisen!"

„Oh weh", schluchzt der dicke Philipp los. „Wir wollten doch nur was Süßes kaufen. Frau Sauer war aber nicht da, also haben wir im Kiosk angefangen rumzualbern. Dabei ist der Ball in die

Scheibe geflogen. Und dann sind wir einfach abgehauen."

Marcel nickt betroffen. „Tut uns echt leid und natürlich werden wir Frau Sauer alles beichten!" Er seufzt. „Aber woher wusstest du, dass wir es waren, Nico?"

WAS HAT DIE BEIDEN VERRATEN?

Lösung

Für Nico war schnell klar, dass die beiden die Geschichte nur erfunden hatten. Wenn man jemanden noch nie gesehen hat, kann man auch nicht wissen, dass er in die zehnte Klasse geht.

Klingelmäuschen

Nico kann es nicht glauben: Cindy bittet ihn um Hilfe! Jeden Abend spielt jemand Klingelmäuschen in dem Haus, in dem sie wohnt. Es leben dort zwar noch acht weitere Parteien, aber Cindy ist das einzige Kind. Deshalb wird sie auch von allen anderen verdächtigt.

„Und?“, fragt Nico. „Warst du es?“

Cindy schüttelt den Kopf. „Alle halten mich für schuldig und beschimpfen mich. Frau Primel ist als Einzige nett zu mir.“

„Dann sollten wir zuerst mit ihr reden.“

Frau Primel ist bereits weit über siebzig und schwerhörig. Nico muss fast schreien, damit sie ihn versteht. „Ich lebe ganz allein in dieser Wohnung, was manchmal sehr einsam ist“, sagt sie.

Nico lächelt. „Ich wollte aber wissen, ob Sie etwas von dem Klingelmäuschen mitbekommen haben?“

„Das Klingeln selber höre ich nie." Sie deutet auf ihre Ohren und seufzt. „Ich kriege es immer erst mit, wenn das Geschimpfe der Nachbarn durchs Treppenhaus hallt. So wie gestern. Da habe ich allen erst mal einen Tee zur Beruhigung gekocht."

Nico dreht sich zu Cindy um. „Klingelt es denn jeden Abend zur gleichen Zeit?"

„Am Montag war es kurz nach acht Uhr. Mein Paps guckte gerade die Nachrichten." Cindy runzelt die Stirn. „Dienstag dann um halb neun. Und gestern ... Puh, ich glaub, so gegen Viertel nach neun."

Doch Frau Primel schüttelt den Kopf. „Nein, nein, das war um 21.03 Uhr. Ich weiß das so genau, weil mir meine Tochter letzte Weihnachten eine dieser modernen Digitaluhren geschenkt hat."

Cindy wird leicht rot. „Oh, da hab ich mich wohl vertan."

Nico kneift die Augen zusammen. Er traut Cindy immer noch nicht. „Also schön", sagt er. „Ich denke, ich weiß jetzt, wer das Klingelmäuschen ist."

Lösung

Es muss Frau Primel gewesen sein. Da sie schwerhörig ist, kann sie unmöglich wissen, dass das Klingelmäuschen um Punkt 21.03 Uhr zugeschlagen hat, außer sie war es selber. Nico vermutet, dass sie es getan hat, weil sie so einsam ist und so Gelegenheit bekam, mit den Nachbarn zu reden.

Der Rätselbrief

Am Sonntag findet Nico einen Brief unter der Haustür. Darauf steht: An das Detektivbüro Schnüffelnase.

Hallo Nico,
gestern habe ich meine Tante Ingrid besucht. Das ist die, die genauso versessen auf Rätsel und Geheimnisse ist wie du. Sie kannte ein ganz tolles neues Rätsel, von dem ich dir unbedingt erzählen will. Es geht so:

Sie läuft schneller als der schnellste Läufer.
Aber niemand hat sie je gehört
oder auch nur gesehen,
denn sie ist lautlos wie die Stille
und unsichtbar wie der Wind.
Nur eine folgt ihrem Takt
und drängt uns stets zur Eile.

Und, weißt du die Antwort schon? Wenn nicht, wünsche ich dir viel Spaß beim Raten!
Also, bis morgen in der Schule
Jan

Puh, denkt Nico. Das ist wirklich ein schweres Rätsel! Er setzt sich hin und grübelt. Hm, etwas, das man weder sieht noch hört. Was könnte das sein? Und wer drängt einen ständig zur Eile? Manchmal tut es seine Mutter, wenn er beim Frühstück trödelt und sie Angst hat, dass er zu spät zur Schule kommt. Aber sie ist sicher nicht gemeint. Er schaut auf seine Uhr. In zehn Minuten werden sie sich auf den Weg zu Oma Lotta machen. Vorher will er jedoch unbedingt dieses Rätsel lösen!

KANNST DU NICO BEI DER SUCHE NACH DER RICHTIGEN ANTWORT HELFEN?

Lösung

Es ist die Zeit. Niemand kann sie einholen, sehen oder hören. Und die Einzige, die sich mit ihr im gleichen Takt bewegt, ist die Uhr.

Nicos Fahrrad

Nicos Bruder Till ist schlecht gelaunt, da seine Mutter ihn nicht zum Basketball fahren will. Nico verdreht die Augen und geht nach draußen, um sein Fahrrad aus der Garage zu holen. Später will er sich mit Jan treffen, um zu den „Wilden Hügeln“ zu fahren und die älteren Jungs beim Motorradrennen zu beobachten.

Als Nico wieder reingeht, rempelt Till ihn auf dem Weg nach draußen an. Sein Kopf leuchtet

hochrot vor Wut. Nico will gerade in sein Zimmer gehen, als er seine Mutter rufen hört: „Wer ist denn das?“ Nico läuft in die Küche. Durch das Fenster sieht er einen fremden Jungen in ihrer Einfahrt herumschleichen. „Ich werd mal mit ihm reden.“ Nico geht nach draußen und sagt: „Hallo!“

Der Junge dreht sich erschrocken um. Die Hände verbirgt er dabei hinter dem Rücken. „Hallo, ich bin Mats. Wir sind gestern in diese Straße gezogen.“

„Das erklärt aber nicht, was du in unserer Auffahrt machst“, sagt Nico.

„Ich hab dich vorhin gesehen und wollte dich kennenlernen.“ Mats zuckt die Achseln.

„Und was verbirgst du hinter deinem Rücken?“

Mats hält ihm eine Luftpumpe hin. „Die hab ich auf dem Bürgersteig gefunden.“

Nico reißt die Augen auf. „Das ist meine!“ Nun sieht er, dass sein Fahrrad verschwunden ist. „Was hast du mit meinem Fahrrad gemacht?“

„Ich?“ Mats schluckt. „Gar nichts. Ich wollte dir nur das hier bringen und fragen, ob du schon was vorhast.“

Nico beäugt den Fußballsticker, den Mats ihm hinhält. „Das ist der 1. FC Fortuna“, sagt Mats stolz. „Meine Lieblingsmannschaft.“

Fußball … Ball, denkt Nico. Plötzlich weiß er, was mit seinem Fahrrad passiert ist. „Willst du nicht reinkommen, Mats? Ich muss Jan anrufen, dass wir später kommen. Du hast doch Lust, dir ein Motorradrennen anzusehen?“

Mats grinst. „Klar doch.“

WAS IST MIT NICOS FAHRRAD PASSIERT?

Lösung

Der Fußballsticker hat Nico daran erinnert, dass sein Bruder zum Sport wollte. Und weil er keine Lust hatte, zu Fuß zu gehen, hat er sich, ohne zu fragen, Nicos Fahrrad ausgeliehen.

Der Handydieb

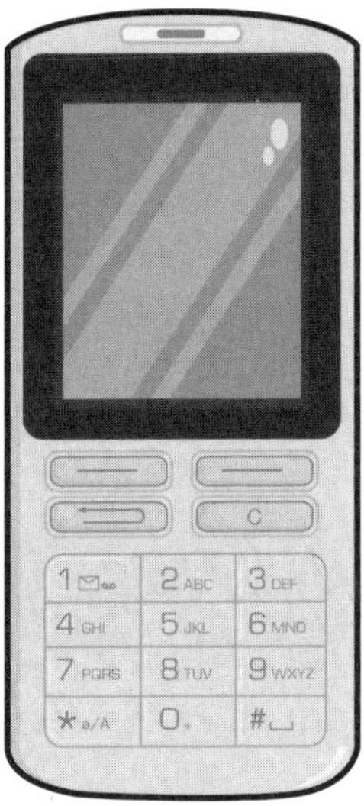

Nach dem Sportunterricht ist Mias Handy verschwunden. „Du musst mir helfen“, bittet sie Nico verzweifelt. „Wenn meine Eltern das rausfinden, kriege ich Riesenärger!“

Nico denkt nach. Vermutlich ist der Dieb aus ihrer Klasse. Jemand, der beobachtet hat, dass Mia ein Handy besitzt. „Hast du es jemandem gezeigt?“, fragt Nico.

Mia schüttelt den Kopf.

„Hast du einer Freundin oder einem Freund davon erzählt?“

„Nein“, sagt Mia betroffen. „Dazu war ich noch nicht gekommen. Es ist ganz neu. Mein Papa hat es mir erst gestern gekauft.“

Nico wird immer ratloser. „Kannst du dich daran erinnern, ob jemand gesehen hat, dass du es dabeihast?“

Mia kraust die Stirn, dann schüttelt sie den Kopf. „Weiß nicht.“ Eine dicke Träne rinnt ihr über die Wange.

„Was hat Mia?“ Cindy steht plötzlich neben Nico. Sie lächelt ihn an. Seitdem er ihr im Fall „Klingelmäuschen“ beigestanden hat, ist sie richtig nett zu ihm. Zögernd erzählt Nico ihr, dass Mias Handy gestohlen wurde. „Und du glaubst, es war jemand aus dieser Klasse?“, fragt Cindy.

„Möglich.“

Eine steile Falte bildet sich auf Cindys Stirn. Doch dann hellt sich ihr Gesicht auf. „Bin gleich wieder zurück!“ Cindy läuft zu ihrem Platz, um etwas aus ihrem Rucksack zu holen. Kurz darauf kehrt sie mit ihrem eigenen Handy zurück und drückt es Nico in die Hand. Verständnislos blinzelt er sie an. „Was soll ich damit?“

Cindy lächelt. „Überleg mal genau.“

„Oh, natürlich!“, ruft Nico. Endlich ist ihm ein Licht aufgegangen.

KANNST DU DIR DENKEN, WAS NICO UND CINDY VORHABEN?

Lösung

Nico braucht nur auf Mias Handy anzurufen, dann hören sie das Klingeln und wissen, in welchem Schulranzen es versteckt ist.

Verleumdung im Supermarkt

„Lass uns Chips von dem Geld kaufen", meint Jan. „Ich liebe Chips!"

Neuerdings bessern Nico und Jan ihr Taschengeld auf, indem sie Bruno den Kläffer Gassi führen. Herr Kniesebeck hat sich nämlich das Bein gebrochen.

Nun stehen sie vor dem Süßigkeitenregal im Supermarkt und überlegen, was sie sich kaufen sollen.

„Aua!", ruft Nico, als ihn jemand von hinten anrempelt.

„Entschuldige bitte", sagt ein alter Mann. „Ich bin so kurzsichtig wie ein Maulwurf. Ich kann nicht mal lesen, was auf dem Preisschild hier steht."

„99 Cent", sagt Nico.

Der alte Mann nickt ihm dankbar zu und fährt mit seinem Einkaufswagen weiter. An der Kasse treffen sie sich wieder. Doch der alte Mann hat nichts gekauft und will an der Kasse vorbei nach draußen gehen, als plötzlich der Supermarktdetektiv auftaucht. „Eine Verkäuferin hat mir gerade gemeldet, dass eine Dose Erbsensuppe gestohlen wurde“, ruft er wütend.

„Das war die junge Frau dort vorne am Ausgang!“ Der alte Mann deutet auf eine rothaarige Teenagerin. „Ich habe genau gesehen, wie sie die Suppe in ihrem Einkaufsbeutel verschwinden ließ. Und dann auch noch die extracremige. Schnappen Sie sie, bevor sie abhaut!“ Er will bereits weitergehen, als Nico zu der Kassiererin sagt: „Er lügt. Er ist es selbst gewesen.“

„Du frecher Rotzbengel“, schimpft der Alte los. „Wie kannst du es wagen, mir so etwas zu unterstellen. Das wirst du bereuen!“ Er hebt seinen Gehstock, doch Nico weicht geschickt aus. Zum Glück kommt ihm in diesem Moment der Detektiv zu Hilfe, und als sie kurz darauf in die Einkaufstasche des alten Mannes sehen, entdecken sie dort die gestohlene Dose.

WOHER WEISS NICO, DASS DER ALTE MANN GELOGEN HAT?

Lösung

Der alte Mann ist kurzsichtig wie ein Maulwurf. Er hätte gar nicht sehen können, dass es sich bei der Diebesbeute um eine extracremige Erbsensuppe handelt. Das kann er nur deshalb wissen, weil er sie selber eingesteckt hat.

Der kaputte Autoscooter

Nicos Klasse macht wieder einmal einen Ausflug. Dieses Mal geht es jedoch nicht in ein Museum, sondern in Kapitän Schlitzohrs fantastischen Piratenpark. Allerdings fahren sie nicht alleine. Die 4c, die berüchtigt für ihre Rabauken aus der letzten Reihe ist, kommt ebenfalls mit. Darum dauert es auch nicht lange, bis ein wutentbrannter Parkangestellter vor den beiden Klassenlehrerinnen steht und schimpft: „Einer Ihrer Schüler hat das Lenkrad von einem Autoscooter abgerissen. Sein Gesicht konnte ich nicht erkennen. Allerdings trägt derjenige eine grüne Baseballkappe."

Frau Zackova blickt sich grimmig um. Kein Schüler ihrer Klasse hat eine grüne Baseballkappe auf. Aber dafür Olaf und Rudi aus der 4c.

„Rudi kann es nicht gewesen sein", sagt seine Klassenlehrerin. „Der durfte sich keinen Schritt von mir entfernen, weil er bereits einen Mülleimer umgeworfen hat."

„Ich bin's auch nicht gewesen", ruft Olaf sofort.

„Das stimmt", bestätigt sein bester Freund Ole.

Die beiden grinsen den Parkwächter siegessicher an.

„Ach ja", sagt Nico da. „Dann verratet uns doch mal, wo ihr zur Tatzeit gewesen seid."

Olafs Grinsen wird noch breiter. „Kein Problem! Um 15 Uhr waren wir auf der Haifischwasserbahn."

Nun zwinkert der Parkangestellte Nico zu. „Vielen Dank für deine Hilfe. Und du, Olaf, wirst eine dicke Rechnung mit nach Hause bekommen."

„Ich?" Er wirft Nico einen finsteren Blick zu. „Na warte, das wirst du noch bereuen!"

Nico zuckt die Achseln. Von Olaf wird er sich keine Angst machen lassen. Der hat doch bloß eine große Klappe!

WIE HAT OLAF SICH VERRATEN?

Lösung

Die Wasserbahn war nur eine Ausrede. Wenn Olaf nichts mit dem abgerissenen Lenkrad zu tun hätte, hätte er die Tatzeit gar nicht kennen dürfen.

Falscher Alarm

Es ist Freitagmorgen und Nico freut sich aufs Wochenende. Am Samstag will er mit Jan dessen neues Skateboard ausprobieren. Ein echtes Lightning Speed. Das beste, das es zu kaufen gibt. In der großen Pause will er Jan gerade wegen seines Skateboards ausquetschen, als Lina ihn mit sich zieht.

„Was gibt es denn?“, will Nico wissen.

Lina blickt sich verschwörerisch um. „Ich muss dir was Wichtiges erzählen.“

„Mach es nicht so spannend. Worum geht es denn?“

„Pssst, nicht so laut“, ermahnt ihn Lina. „Ich habe vorhin zwei Jungs aus der zehnten Klasse belauscht. Ich konnte hören, wie sie sich zugeflüstert haben, dass sie heute Nacht in die Schule einbrechen wollen, um die Lösungen für die nächste Mathearbeit zu klauen.“

„Was?“, entfährt es Nico entsetzt. „Wann und wo hast du das gehört?“

Lina blickt über ihre Schulter, um ganz sicherzugehen, dass niemand in ihrer Nähe ist. „Das war heute Morgen auf dem Weg zur Schule. Die beiden standen an der Bushaltestelle auf der anderen Straßenseite, deswegen haben sie mich auch nicht bemerkt.“

Nico schürzt die Lippen.

„Am besten gehst du sofort zu Frau Zackova und erzählst ihr alles“, fährt Lina fort. „Vielleicht kann sie es noch verhindern.“

„Ach, Lina“, sagt Nico da. „Warum tust du das?“

Sie sieht ihn verwundert an. „Was meinst du?“

„Machst du das, weil ich dich als Diebin von Olivers Schinkenbrot entlarvt habe?“, fragt er bedrückt.

Rote Zornesflecken erscheinen auf Linas Wangen. „Blöddussel“, beschimpft sie ihn. „Mach doch, was du willst!“ Dann dreht sie sich um und schreitet hoch erhobenen Hauptes davon.

WARUM GLAUBT NICO IHR NICHT?

Lösung

Lina kann unmöglich verstanden haben, was die beiden Jungen miteinander geflüstert haben, wenn sie auf der anderen Straßenseite standen. In Wirklichkeit hat sie das nur erfunden, damit Nico als Lügner vor Frau Zackova dasteht.

Der Schnüffler

„Juhu“, freut sich Nico. Heute hat ihm der Briefträger wieder eine neue Ausgabe von „Der Schnüffler“ gebracht. Nico rennt auf sein Zimmer und schlägt die Rätselseite auf. Er ist sehr gespannt, was die Redakteure sich dieses Mal ausgedacht haben.

„Hm“, macht er. „Was haben wir denn hier?“ Es ist ein Text, zu dem es drei knifflige Fragen gibt. Als Gewinn winkt ein Besuch im Sherlock-Holmes-Museum in London. Wow, das ist ja genial, denkt Nico. Rasch holt er sich Stift und Papier und macht sich daran, den Text zu lesen.

Eddy Meier, der berüchtigte Trickbetrüger, hat erneut zugeschlagen. Dieses Mal hat er als Kosmetikverkäufer älteren Damen eine teure Gesichtscreme verkauft, die in Wahrheit aus Schweineschmalz und Lebensmit-

telfarbe bestand. Sobald die Frauen sich ihr Gesicht damit einrieben, wurde ihre Haut gelb wie eine Zitrone. Es dauerte jedoch eine ganze Weile, bis der Schwindel aufflog, da es den meisten Opfern von Eddy Meier zu peinlich war, zur Polizei zu gehen. Auf diese Weise verdiente der Betrüger über 14.371 Euro, bevor die Polizei ihm endlich auf die Spur kam. Sobald Eddy Meier klar wurde, dass seine Tarnung aufgeflogen war, packte er seine Koffer und fuhr zum Flughafen. Der Trickbetrüger wollte sich nach Oslo absetzen, um sich im Keller seiner Oma zu verstecken, bis Gras über die Sache gewachsen war. Zum Glück erkannte ein Zollbeamter ihn wieder und verständigte die Polizei.

„Geschieht ihm recht, diesem Gauner!“, murmelt Nico. Dann wendet er sich den Fragen zu.

HILF NICO, DIE FRAGEN ZU BEANTWORTEN, OHNE NOCH EINMAL IM TEXT NACHZUSEHEN:

1. Aus was bestand die angebliche Hautcreme?
2. Wie viel verdiente Eddy Meier mit seinem Betrug?
3. In welches Land wollte Eddy Meier fliehen, als die Polizei ihn schnappte?

Lösung

1. Schweineschmalz und Lebensmittelfarbe
2. Es waren genau 14.371 Euro.
3. Nach Norwegen, dessen Hauptstadt Oslo ist.

Der böse Nachbar

„Du glaubst nicht, was mir heute auf der Arbeit passiert ist“, sagt Nicos Vater. „Eine Frau Drösel kam aufs Präsidium, um Anzeige gegen ihren Nachbarn Herrn Schiller zu erstatten.“

„Warum das?“, fragt Nico.

„Sie erzählte mir, dass sie gestern einen Ausflug gemacht habe, und als sie zurückkam, seien alle Äpfel aus ihrem Apfelbaum verschwunden gewesen.“ Hauptkommissar Passel seufzt. „Also bin ich mit zu ihr gefahren und habe mir die Sache einmal genauer angeguckt. Tatsächlich hingen keine Äpfel mehr am Baum. Und da es gestern den ganzen Tag geregnet hatte, wimmelte es im Garten von Fußspuren, die so groß waren, dass sie unmöglich von einer Frau stammen konnten."

Nico winkt ab. „Fußspuren kann man leicht fälschen, indem man sich größere Schuhe anzieht."

„Stimmt", sagt sein Vater. „Aber dann fand ich das hier direkt am Fuße des Baumes." Er reicht Nico eine eindrucksvolle Visitenkarte, die nicht gedruckt, sondern handgeschrieben war. Darauf stand mit schwarzer Tinte: Egon Schiller – Spezialist für Schönschrift.

„Tja." Nico tippt sich auf die Nase. „Das scheint mir ein eindeutiges Indiz."

„Richtig", sagt sein Vater. „Allerdings für Herrn Schillers Unschuld."

„Es war Frau Drösel, nicht wahr? Aber warum hat sie den Diebstahl ihrer Äpfel vorgetäuscht?"

„Nachdem ich sie zur Rede gestellt habe, gestand sie mir alles", sagt Nicos Vater. „Frau Drösel hatte schon seit Wochen Streit mit Herrn Schiller, weil er versehentlich ihre Rosenbüsche überfahren hat. Frau Drösel glaubt ihm das jedoch nicht und wollte sich auf diese Weise an ihm rächen. Aber sag mal, Nico, weißt du denn auch, wie sich Frau Drösel verraten hat?“

WAS GLAUBST DU?

Lösung

Die Visitenkarte war handgeschrieben. Hätte sie wirklich einen ganzen Tag im Regen gelegen, wäre die schwarze Tinte unleserlich geworden. Das bedeutet, dass sie erst vor Kurzem unter den Apfelbaum gelegt worden war, damit sie Hauptkommissar Passel auf eine falsche Spur führt.

Das Sherlock-Holmes-Museum

Nico kann es nicht fassen. Er hat den ersten Platz beim Preisrätsel von „Der Schnüffler“ gemacht. Ein Besuch im Sherlock-Holmes-Museum in London. Als Nico am nächsten Wochenende mit seiner Familie ins Flugzeug steigt, ist er so aufgeregt wie noch nie. Aber als das Taxi Nico, seine Geschwister und seine Eltern vor dem Museum absetzt, ist es geschlossen.

„Das darf doch nicht wahr sein“, regt sich Nicos Vater auf.

„Ich verstehe das nicht“, murmelt Nico enttäuscht. „Um diese Zeit sollte das Museum geöffnet haben.“

„Das werden wir gleich haben!“ Hauptkommissar Passel klopft an die Tür und wartet. Als sich nichts tut, klopft er erneut. „Hallo! Hört mich denn keiner?“

Plötzlich wird die Tür aufgerissen. „Sehen Sie

nicht, dass wir geschlossen haben?", fragt ein griesgrämig dreinblickender Mann. „Was wollen Sie überhaupt?"

„Was wohl?" Nicos Vater schüttelt verständnislos den Kopf. „Wir wollen natürlich ins Museum. Um diese Uhrzeit müsste es längst geöffnet sein."

„Tut mir leid", brummt der Mann. „Wir renovieren gerade. Wir hatten nämlich einen Wasserschaden, deswegen funktioniert auch der Strom nicht. Nicht einmal Licht haben wir. Und nun entschuldigen Sie mich bitte, ich muss weiter aufräumen!" Damit knallt er ihnen die Tür vor der Nase zu.

In dem Moment nörgelt Nicos Bruder Till los: „Mir knurrt der Magen, ich will endlich Fish and Chips!"

„Nichts da", sagt Nico. „Paps, ruf sofort die Polizei. Hier stimmt was nicht. Ich wette, der Kerl ist in Wirklichkeit ein Einbrecher."

Hauptkommissar Passel holt sein Handy heraus und verständigt die Londoner Polizei. Er vertraut Nico, der sich noch nie geirrt hat.

WAS STIMMT NICHT MIT DER GESCHICHTE DES MANNES?

Lösung

Wenn es im Museum wirklich einen Wasserschaden gegeben hätte, wäre doch zuerst das Licht repariert worden, bevor die Renovierungsarbeiten begonnen hätten. Sonst könnte man ja nichts sehen.

Es gruselt in der Gruselhütte

Es ist die Nacht von Halloween. In den Vorgärten stehen ausgehöhlte Kürbisse, die Nico und Jan böse anlächeln. Die beiden sind auf dem Weg zur Gruselhütte, wo es heute Abend eine Halloween-Party gibt. Aber als sie hinkommen, ist alles duster. Nico runzelt die Stirn. Seltsam, so viele Fußspuren führen zum Haus … Wo sind alle?

„Etwas muss passiert sein“, murmelt Jan. „Bestimmt haben Geister oder … oder noch Schlim-

meres sie geholt." Er ist ganz grün im Gesicht geworden.

„Es gibt keine Geister", widerspricht Nico.

„An Halloween schon. Das weiß doch jedes Kind. Lass uns umkehren!"

„Unsinn", sagt Nico und zieht Jan mit sich.

Als sie sich der Tür nähern, schwingt sie knarrend auf. Dahinter liegt ein düsterer Korridor, in dem grünlich leuchtende Skelette schweben.

„Geister!", schreit Jan.

Nico lacht. „Die sind bloß aus Plastik. Los weiter!"

Plötzlich hören sie ein unheimliches Heulen. Es klingt nach Wölfen oder Hunden. Großen Hunden, die sonst nur die Eingänge von Friedhöfen bewachen. Jan zittert am ganzen Körper. „Das ... das ist nicht gut." Dann beginnen die Türen zu klappern, und Schritte sind dort zu hören, wo eigentlich keiner sein kann.

„Lass uns abhauen", jammert Jan.

„Jetzt, wo es gerade spannend wird? Niemals!"

Sie gehen auf eine große Doppeltür zu. Grünliches Licht glimmt durch die Ritzen. Im nächsten Moment wird sie aufgerissen und eine Schar aus Geistern, Skeletten, Dämonen und Werwölfen stürzt auf sie zu.

Jan schreit wie am Spieß. Nico lacht. Dann ruft die ganze Meute: „Willkommen auf der Gruselparty!“ Ein als Mumie verkleideter Junge tritt auf sie zu. „Alle werden so von uns begrüßt.“ Er mustert Jan leicht besorgt. „Ich hoffe, es war nicht zu schlimm!“

„Überhaupt nicht“, sagt Nico lachend. „Ich fand’s cool!“

WARUM HAT NICO SICH NICHT ERSCHRECKT?

Lösung

Es gab viele Fußspuren, die zum Haus hinführten, aber keine, die davon wegführten. Daher hat er damit gerechnet, dass die anderen sie erschrecken würden.

Die Steinschleuder

Endlich sind Nicos Werbezettel für sein Detektivbüro Schnüffelnase fertig und zusammen mit Jan verteilt er sie in der ganzen Stadt. Tatsächlich dauert es nicht lange, bis er seinen ersten Auftrag erhält.

Herr Rabenecks riesiges Panoramafenster ist mit einem Stein zertrümmert worden. Am Tatort ist nur eine Steinschleuder zurückgeblieben, während er einen Jungen mit pechschwarzem Haar hat davonrennen sehen.

„Puh“, sagt Jan. „Da hast du dir aber einen schwierigen Fall an Land gezogen. Schwarze Haare haben doch viele, du eingeschlossen.“

Nico seufzt. „Fangen wir einfach mit denen an, die wir kennen. Und fürs Protokoll: Ich war zur Tatzeit beim Fußballtraining.“

Als Erstes befragen sie Stefan, der zwei Klassen über ihnen ist. Aber der hat ein Alibi für die

Tatzeit. Dann knöpfen sie sich Lukas aus der Fußballmannschaft vor. „Sag mal, hast du Herrn Rabenecks Fenster mit einem Stein zertrümmert?"

„Ich?", fragt Lukas. „Spinnt ihr? Außerdem spiele ich nicht mehr mit Steinschleudern. Aber fragt doch mal Martin. Ich weiß, dass er eine hat."

Also fragen sie Martin, der sofort weiß wie die Wand wird. „Ich hab nichts gemacht. Ehrlich!" Dann dreht er sich um und hastet davon.

Jetzt bleibt nur noch einer übrig, den sie befragen können: Tim Düring. „Warum werde ich ständig verdächtigt?", fragt Tim.

„Das kommt nur, weil du schwarze Haare hast", meint Nico.

„Was ist jetzt?", will Jan wissen. „Hast du ein Alibi für die Tatzeit?"

„Nein", brummt Tim säuerlich. „Ich war zu Hause und habe Sumpfmonster 3 am Computer gespielt. Außerdem …"

„Schon gut, ich glaube dir", unterbricht Nico ihn. Ihm ist gerade etwas eingefallen. „Du, Jan, ich weiß jetzt, wer es getan hat."

„Es war dieser Martin, nicht wahr? Der kam mir gleich so verdächtig vor.“

Doch Nico schüttelt den Kopf.

HAST DU GENAU AUFGEPASST UND WEISST, WER DER TÄTER IST?

Lösung

Es war Lukas. Er hat behauptet, dass er nicht mehr mit Steinschleudern spielt. Dabei hat Nico die Steinschleuder überhaupt nicht erwähnt.

Geschwister!

Nico ist stinksauer. Seit gestern ist sein Füller verschwunden. Er hat ihn nach den Hausaufgaben auf seinem Schreibtisch liegen lassen und ist dann zum Fußballtraining gegangen. Seitdem ist er fort. Den ganzen Abend und den nächsten Morgen hat er sein Zimmer danach durchsucht. Erfolglos. Jemand muss ihn also genommen haben. Nicos Verdacht fällt sofort auf seine beiden nervigen Geschwister.

Er stapft hinunter ins Wohnzimmer, wo sein Bruder Till und seine Schwester Lilly vor dem Fernseher hocken. „Da seid ihr ja“, grollt Nico.

Die beiden sehen ihn erstaunt an. „Was gibt's, Bruder?“, will Till wissen.

„Wenn du Mister Rotz suchst, der schleicht im Keller um Mamas eingelegte Heringe herum“, murmelt Lilly.

„Mein Füller ist fort“, erklärt Nico mit grimmiger Miene. „Bestimmt hat ihn einer von euch. Dabei hab ich euch schon tausendmal gesagt, ihr sollt eure Finger von meinen Sachen lassen."

Lilly richtet sich empört in ihrem Sessel auf. „Ich hab ihn nicht. Ich war gestern den ganzen Tag mit meiner Freundin Biene unterwegs." Ihre Augen nehmen einen verträumten Ausdruck an. „Im Kino lief ein Liebesfilm und der Schauspieler war ja sooo süß."

„Pfui, Liebesfilme", brummt Till. „Da kommt mir ja das Frühstück hoch. Würrgh!"

Nico starrt ihn mit verschränkten Armen an. „Und was ist mit dir?"

„Ich? Was will ich mit deinem Füller?"

„Letztens hast du dir ohne zu fragen mein Fahrrad genommen."

Till verdreht die Augen. „Wirst du mir das jetzt ewig vorhalten? Das war eine Notsituation."

Nico schnaubt. „Du warst nur zu faul, um zu Fuß zu gehen. Egal, ich weiß eh längst, dass Lilly ihn hat."

WIE HAT SIE SICH VERRATEN?

Lösung

Lilly wusste, dass Nico seinen Füller bereits seit gestern vermisste. Das konnte sie jedoch nur dann wissen, wenn sie ihn selbst genommen hat.

Cindy und der Detektivklub

„Juhu, endlich nach Haus“, jubelt Jan und schultert seinen Schulranzen.

Nico grinst. „Hast du nachher …“

„Pst, ihr zwei.“ Cindy winkt sie zu sich. „Ich muss euch etwas zeigen.“ Sie holt ein Blatt Papier heraus, auf dem ein langer Text steht. „Das ist eine Aufnahmeprüfung für einen Detektivklub“, sagt Cindy. „Irgendwo in diesem Text ist ein Fehler versteckt, aber ich finde ihn einfach nicht.“

„Zeig mal her“, sagt Nico und beginnt zu lesen.

Wir gratulieren Egon Adler, dem ältesten Mitglied unseres Detektivklubs, zu seinem Geburtstag. Er wurde 1957 geboren und ging dreizehn Jahre lang zur Schule. 1979 begann er eine Ausbildung zum Polizisten und blieb zweiundzwanzig Jahre lang in diesem Beruf. Doch dann beschloss Egon Adler, sich als Detektiv selbstständig zu machen. Er eröffnete ein Detektivbüro und war schon bald so erfolgreich, dass ihm seine Klienten regelrecht die Tür einrannten. Zahllose Fälle hat er in den elf Jahren gelöst, die er als Detektiv arbeitet. Nur weiter so, Egon Adler, und nochmals alles Gute zu deinem 50. Geburtstag!

Nico blickt auf und kratzt sich an der Stirn. „Hm."

„Was ist?", fragt Cindy ungeduldig. „Hast du den Fehler gefunden?"

„Ich konnte jedenfalls keinen finden", mault Jan.

„Aber da muss einer sein", widerspricht Nico. „Vielleicht sollten wir den Text einfach noch mal lesen."

Lösung

Wenn du die Daten und Jahre zusammenrechnest, findest du heraus, dass Egon Adler bereits 55 Jahre alt ist.

Der grüne Rächer

„Ich brauche wieder einmal deine Hilfe, Nico“, sagt Hauptkommissar Passel. „Ganz dringend sogar!“

„Was gibt’s denn?“

„Du hast bestimmt schon vom grünen Rächer im Radio gehört“, fährt Nicos Vater fort. „Jeden Tag ist er in der Fußgängerzone unterwegs und besprüht Menschen mit grüner Farbe, die ihre Cola-Dosen oder Kaugummis auf den Boden anstatt in den Mülleimer werfen. Bisher ist er uns immer entwischt, weil er eine Maske trägt. Heute haben wir jedoch zwei Verdächtige festgenommen. Beide haben keine Alibis für die Tatzeiten und natürlich beteuern sie ihre Unschuld.“

„Was haben sie denn gesagt?“, will Nico wissen.

„Verdächtiger A behauptet, noch nie etwas

von dem grünen Rächer gehört zu haben. Außerdem ginge er fast nie in der Fußgängerzone einkaufen, sondern meistens in dem neu gebauten Einkaufszentrum auf dem alten Fabrikgelände." Hauptkommissar Passel trinkt einen Schluck Kaffee, da ihm vom vielen Reden der Mund trocken geworden ist.

„Und was ist mit dem anderen?", hakt Nico ungeduldig nach.

„Zu dem wollte ich gerade kommen", sagt sein Vater. „Also, Verdächtiger B hat zur Aussage gegeben, dass er nichts für den Umweltschutz übrighätte. Ihm sei egal, ob die Leute ihre Sachen auf den Boden werfen. Außerdem wäre es ihm viel zu teuer, ständig neue Farbe kaufen zu müssen, nur um die Leute grün anzusprühen." Er wartet einen Augenblick, dann fragt er: „Was denkst du, Nico? Wer von beiden könnte der grüne Rächer sein?"

„Ich würde mir noch mal den Verdächtigen A vorknöpfen“, rät ihm Nico.

Hauptkommissar Passel lächelt. „Gut, dann sind wir ja einer Meinung.“

WIE KOMMT NICO DARAUF, DASS VERDÄCHTIGER A DER GRÜNE RÄCHER SEIN KÖNNTE?

Lösung

Wenn Verdächtiger A noch nie etwas vom grünen Rächer gehört hat, woher wusste er dann, dass er immer in der Fußgängerzone zuschlägt?

Auf in die Manege!

Nico, Jan, Cindy und Luisa sind auf dem Weg zur Eisdiele, als sie an einem Plakat vorbeikommen. Darauf ist Werbung für den Zirkus Tortellini. „Der kommt schon nächste Woche in unsere Stadt“, ruft Jan aufgeregt. „Wollen wir da nicht hingehen?“

„Oh ja!“, antworten Cindy und Luisa wie aus einem Mund.

Nico tritt vor, um sich das Plakat genauer anzusehen.

Zirkus Tortellini

Wer Clowns, Pferde
und gefährliche Löwen liebt,
sollte unbedingt zu unseren
Aufführungen kommen.

Als wir zuletzt in Bern aufgetreten sind,
hat das Publikum vor Begeisterung gerast!
Also verpasst bloß nicht unsere Vorstellungen,
die am 14., 16. und 18. September stattfinden.
Jeweils um 18 Uhr geht es los.

„Ich werde meinen Paps fragen, ob er uns fährt", sagt Nico, nachdem er sich alles genau eingeprägt hat.

„Super", freut sich Jan. „Ob es dort auch Seiltänzer und Elefanten gibt?"

„Bestimmt", sagt Cindy mit leuchtenden Augen. „Und hoffentlich auch jede Menge Popcorn. Es gibt nichts Besseres!"

„Oh doch", widerspricht Luisa. „Zuckerwatte – ich liebe Zuckerwatte." Sie sieht die anderen an. „Zu welcher Aufführung wollen wir überhaupt gehen?"

Nico lacht. „Das fragst du noch? Natürlich zu allen drei!"

HAST DU DIR WIE NICO ALLES GENAU EINGEPRÄGT? DANN BEANTWORTE DIE FRAGEN, OHNE NOCH EINMAL IM TEXT NACHZUSEHEN:

1. Wer tritt alles im Zirkus auf?
2. In welchem Land hat der Zirkus zuletzt gastiert?
3. An welchem Tag findet die letzte Aufführung statt?

Lösung

1. Clowns, Pferde und Löwen.
2. Bern ist eine Stadt in der Schweiz.
3. Die letzte Aufführung ist am 18. Juli.

Schnitzeljagd

Frau Zackova hat eine Schnitzeljagd organisiert und die Klasse in fünf Gruppen eingeteilt. Jede Gruppe bekommt einen Zettel mit drei Aufgaben, die den Weg zu einem versteckten Schatz beschreiben. Eine Truhe voller Gummibärchen, die irgendwo auf dem Schulgelände versteckt ist.

„Wir müssen diese Schnitzeljagd gewinnen“, sagt Nico zu Jan, Philipp und Lena, die mit ihm in einer Gruppe sind.

„Wie lautet denn die erste Aufgabe?“, fragt Lena.

„Es ist ein Rätsel: Was hat vier Beine und läuft doch nicht?“, sagt Nico. „Daneben ist das Bild eines Tennisballs.“

„Das ist einfach“, meint Philipp. „Ein Tisch hat vier Beine.“

„Also ist die Lösung Tischtennisball“, ruft Nico aufgeregt. „Hinter der Turnhalle ist eine Tischtennisplatte. Dort müssen wir wohl mit der Suche beginnen."

Sobald sie bei der Tischtennisplatte sind, nehmen sie sich die zweite Aufgabe vor. Es ist eine Rechenaufgabe, die ihnen verrät, wie viele Schritte sie nach Norden gehen müssen. Die Lösung führt sie zum Spielplatz gegenüber dem Schulhof. Cindys Gruppe ist auch schon dort und zerbricht sich den Kopf über das letzte Rätsel.

„Jetzt müssen wir uns aber beeilen", drängt Jan. „Lies schnell die dritte Aufgabe vor, Nico!"

Er nickt. „Hier steht: Wenn du den Schatz finden willst, musst du wissen, was sieben mal sieben ergibt."

„Noch eine Rechenaufgabe?", grummelt Jan.

Doch Nico schüttelt den Kopf. „Ich wette, das ist eine Fangfrage. Hier steht nämlich noch, dass uns die Antwort direkt zu der Stelle führt, wo der Schatz versteckt ist."

Philipp kratzt sich am Kopf. „Sieben mal sieben ist neunundvierzig. Wie sollte uns das weiterhelfen?"

HAST DU EINE BESSERE IDEE, WAS BEI SIEBEN MAL SIEBEN RAUSKOMMEN KÖNNTE?

Lösung

Nico hat richtig vermutet: Es ist eine Fangfrage. Sieben mal sieben ergibt … Tata, feinen Sand! Der Schatz ist also im Sandkasten des Spielplatzes versteckt.

Die Steinzeithöhle

„Boah, ihr glaubt nicht, was ich entdeckt habe“, ruft Tim Düring aufgeregt.

„Was ist es denn?“, will Nico wissen.

„Ja, sag schon“, fordert auch Jan.

Tim schüttelt den Kopf. „Das müsst ihr mit eigenen Augen sehen, sonst haltet ihr mich für verrückt.“

Also folgen sie Tim zum Stadtrand. Dort gibt es einen kleinen Wald mit einem herrlichen Berg zum Schlittenfahren. Allerdings ist erst Herbst, deshalb fragt sich Nico, was sie hier tun.

„Wir müssen auf die Rückseite“, sagt Tim aufgeregt. „Dort ist eine Höhle.“

Die Höhle ist düster und feucht. Doch wenigstens hat Tim eine Taschenlampe dabei.

„Wow“, sagt Jan. „Ich wusste nicht, dass es hier so etwas gibt.“

„Kein Wunder“, sagt Nico. „Die Höhle ist bestimmt durch das leichte Erdbeben letzten Mittwoch entstanden."

„Ach, das war die Nacht, als ich aus dem Bett geplumpst bin", sagt Jan und reibt sich den Kopf, wo er immer noch eine dicke Beule hat.

„Seht euch das mal an!", ruft Tim plötzlich. Mit der Taschenlampe leuchtet er auf eine Wand, die mit Höhlenmalereien überzogen ist. Es gibt Mammuts mit mächtigen Stoßzähnen zu sehen, gefährliche Säbelzahntiger und sogar Menschen. Sie sind mit Pfeil und Bogen, Schwertern und Speeren bewaffnet und machen Jagd auf die wilden Bestien.

„Habt ihr schon mal so was Tolles gesehen?", fragt Tim mit leuchtenden Augen.

„Sind die von echten Steinzeitmenschen?", überlegt Jan.

Nico seufzt. „Leider ist das eine Fälschung. Wahrscheinlich hat bereits jemand vor Tim die Höhle entdeckt und sich bloß einen Jux erlaubt."

Tim zieht ein langes Gesicht. „Bist du dir sicher?"

Nico nickt.

WIE KOMMT NICO DARAUF, DASS DIE HÖHLENMALEREIEN NICHT ECHT SIND?

Lösung

In der Steinzeit gab es noch keine Schwerter.

Cindys Rache

Der Bus ist zu spät gekommen, deswegen muss Nico jetzt flitzen, um noch pünktlich zur ersten Stunde zu kommen. Doch kaum ist er durch das Schultor, trifft ihn eine Wasserbombe mitten ins Gesicht. Pitschnass sieht Nico sich wütend um. Mehrere Schüler stehen in seiner Nähe und deuten lachend auf ihn. Allerdings gibt sich keiner als der Witzbold zu erkennen, der die Wasserbombe geworfen hat. Aber was ist das? An den Überresten des Ballons hängt an einer Schnur ein winziger Zettel. Die Schrift ist verwaschen, dennoch lesbar. Darauf steht:

Hallo Dumpfbacke,
ich hoffe, du hattest genauso
viel Spaß wie ich!
Cindy

„Was ist denn mit dir passiert?", fragt Lena und lacht.

Kurz darauf taucht auch Jan auf. Selbst er kann sich ein Lachen nicht verkneifen.

Nico seufzt traurig. Er hat wirklich geglaubt, er und Cindy seien endlich Freunde geworden.

Nun kommt auch noch Olaf und deutet grinsend auf Nico. „Cindy ist einfach die Beste! Geschieht dir ganz recht. Dafür hast du mich wegen des blöden Autoscooters angeschwärzt."

„Und mich hast du wegen eines MP3-Players verpfiffen, dabei kriegt man die schon überall nachgeworfen", fügt Steffen grimmig hinzu. Er schaut in die Runde. „Hat nicht jemand noch mehr Wasserbomben?"

Nico kratzt sich an der Stirn. Moment mal, denkt er. Cindy hat früher zwar öfter versucht, ihn reinzulegen, aber Wasserbomben passen irgendwie nicht zu ihr. Cindy hätte sich etwas viel Raffinierteres einfallen lassen.

Nicos Augen funkeln plötzlich, als er sagt: „Um mich reinzulegen, müsst ihr schon früher aufstehen!"

WAR DER WASSERBOMBENWERFER WIRKLICH CINDY? WAS DENKST DU?

Lösung

Natürlich nicht. Es ist Olaf gewesen. Er wusste schließlich, dass die Nachricht mit Cindy unterschrieben war, obwohl Nico sie nicht einmal beschuldigt hat.